Maximilian Curtze

Die Königl. Gymnasial-Bibliothek zu Thorn und ihre Seltenheiten

Antigonos

Maximilian Curtze

Die Königl. Gymnasial-Bibliothek zu Thorn und ihre Seltenheiten

Unveränderter Nachdruck der Originalausgabe von 1868.

1. Auflage 2024 | ISBN: 978-3-38615-997-5

Antigonos Verlag ist ein Imprint der Outlook Verlagsgesellschaft mbH.

Verlag: Outlook Verlag GmbH, Zeilweg 44, 60439 Frankfurt, Deutschland, info@outlook-verlag.de
Vertretungsberechtigt: E. Roepke, Zeilweg 44, 60439 Frankfurt, Deutschland
Druck: Libri Plureos GmbH, Friedensallee 273, 22763 Hamburg, Deutschland

Die
Königl. Gymnasial-Bibliothek
zu Thorn

und

ihre Seltenheiten

von

Maximilian Curtze.

[Separat-Abdruck aus der Altpreuß. Monatsschrift.]

Königsberg 1868.

Gedruckt bei Albert Rosbach.

Unter den Bibliotheken der Provinz Preußen nimmt die Königliche Gymnasial-Bibliothek zu Thorn nicht die letzte Stelle ein, und auch ihr Alter, das über drittehalbhundert Jahre hinaufreicht, berechtigt wohl dazu, über dieselbe, vorzüglich ihre seltenen Bücher einige Mittheilungen in einem Journale zu geben, das wie die „Altpreußische Monatsschrift", die Interessen der Provinz zu vertreten, auf seine Fahne geschrieben hat.

Ihrem jetzigen Bestande nach besitzt die Bibliothek nach ziemlich genauer von mir selbst angestellter Zählung rund 11000 Bände, doch ist diese Zahl eher zu niedrig, als zu hoch gegriffen. Aufgestellt ist sie in dem gewölbten Erdgeschoß des Nebengebäudes des Gymnasiums, dessen obere Räumlichkeiten zu Dienstwohnungen des Directors und des ersten Professors benutzt werden. Augenblicklich ist sie nach 20 verschiedenen Fächern geordnet, die mit den Buchstaben A bis U bezeichnet sind. In den einzelnen Fächern sind die Bücher nach dem Formate geordnet, eine alphabetische Aufstellung aber ist nicht beliebt worden, sondern die Bücher sind, wenigstens seit ihrer letzten Catalogisierung, nach der Zeit ihrer Erwerbung in die Listen eingetragen. Die große Unübersichtlichkeit eines solchen Catalogs, der nur unter den erschwerendsten Umständen völlig auszunutzen ift, hat schon seit lange ben Wunsch nach einem neuen rege gemacht, ber alphabetisch in ben einzelnen Fächern geofbnet wäre. Es schien vor einiger Zeit, als ob biesem Wunsche Gewährung werben sollte, boch ift jetzt bavon wieder Alles still geworben. Sollte es noch zu einer solchen Arbeit kommen, so wird hoffentlich auch bie große Inconvenienz beseitigt, baß ein unb basselbe Werk in verschiebenen Ausgaben unter ben verschiebenften Fächern verzeichnet steht ober auch gar nicht unter bem zugehörigen Fache. So stehen z. B. bie Epistolae obscurorum virorum unter brei verschiebenen Fächern: D. 8° 130; F. form. min. 5 unb G. 8° 628; Apollonii Pergaei conicorum sectionum libri 5, 6, 7 cur. Christ. Ravio unter N. 8° 8, b. h. unter Kirchenväter, unb bie Ueberfetzung bes Euclides von Commandinus unter Auctores Classici Latini!!

Die verschiebenen Fächer sind folgenbe: A. Auctores classici Latini; B. Auctores classici Graeci; C. Lexica et Grammatica (auch ber neuern Sprachen); D. Antiquitates; E. Historia civilis; F. Historia literaria; G. Deutsche Literatur; H. Ausländische neuere Literatur; I. Mathematica, Physica, Hist. nat., artes; K. Literatura Thorunensis; L. Scriptura sacra, Theologia; M. Historia Ecclesiastica; N. Patres Ecclesiastici; O. Jurisprudentia; P. Medicina; Q. Kupferwerke und Karten; R. Libri manuscripti; S. Scholastica; T. Philosophia systematica; U. Miscellanea.

Die größte Bänbezahl 2309 hat bas Fach E., bie geringfte 46 bas Fach U.

Manuscripte zählt ber Catalog 87 auf, nämlich 27 in fol., 32 in 4°, 28 in 8° et form. min. Da aber K. fol. 24, 25, 26; K. 4° 93, 94, 95; O. fol. 57; C. 4° 6 ebenfalls Hanbschriften sinb, unb außerbem sich noch eine Hanbschrift eines 1727 im Castell St. Davib auf Malabar geschriebenen Catechismus in Tamulischer Sprache auf Palmblättern im Besitze ber Bibliothek befinbet, so würbe bie Zahl ber Manuscripte sich auf 96 erhöhen.

Ein Verzeichniß berselben lasse ich hier folgen:

———

R. fol. 1. Receſſen auf den Landtägen ꝛc. Aus 387 beſchriebenen Blättern beſtehend. Vorangeht Blatt 1—3ᵃ: Volgende Punct ſind aus des Seeligen Thomas Worland Stadtſchreibers allhier zu Strasburgk manu scriptu exemplari geſchrieben worden // der Stadt Freyheyt ſo auf der Deytſchen Seyte gelegen ſeyn. Auf dem Schnitte des Buches ſteht: sum Jacobi Gesneri.

R. fol. 2. Colmiſche Handveſte. Priuilegium Quod Civitas Colmen habere paetendit. (sic!) Blatt 1—40. Von da an bis Blatt 267 verſchiedene Urkunden den Markgrafen Albrecht, erſten Herzog von Preußen, betreffend. Es folgt eine neue Paginierung und zwar Blatt 1—98. Beginnt mit der Beſtätigungsurkunde des Königs Sigis= mund von Polen für das nachgelaſſene Teſtament des Markgrafen Albrecht und enthält ebenfalls weitere dahingehörige Urkunden. (Der Gymnaſial=Bibliothek zu Thorn offerirt es Vollmer. Bemerkung auf fol. 1ᵃ.)

R. fol. 3. Der Stadt Dantzigk Hiſtoriſche Beſchreibung Zuſammengetragen und ver= faßet durch Reinhold Curiken Secretarium. Im Jahr Chriſti 1645. Mit Nach= trägen von anderer Hand, die bis zur Mitte des vorigen Jahrhunderts reichen. Bekanntlich iſt dieſe Handſchrift gedruckt Amſterdam u. Danzig 1688 in fol., doch beſitzt nach dem „Gelehrten Preußen“[1]) die Handſchrift große Vorzüge vor dem gedruckten Exemplare.

R. fol. 4. Historia vom Aufruhr zu Dantzigck welcher ſich angefangen hat: an: 1522 und iſt durch Königl. Majeſtät von Pohlen Anno 1526 geſtillet. Mit allem Fleiß beſchrieben durch den erbaren Stanislaum Bornbach Civem Gedanensem Anno Domini 1587. Ohne Seitenzahlen.

R. fol. 5. [Jänichen No. CXLVI.[2]) Sammet No. 16.[3])] Heraclitus seu de uita humana et fortuna liber. Böhmiſch. Mit vorzüglichen Miniaturen und Jnitialen geziert, auf Pergament geſchrieben. Gehörte zuerſt der Bibliothek zu Peſth. Bei der Belagerung dieſer Stadt 1686 fiel ſie einem gemeinen Soldaten in die Hände, von welchem ſie der Bürgermeiſter von Thorn, Zernecke, Verfaſſer der Thorner Chronik, in Wien zufällig kaufte und dann der hieſigen Bibliothek übermachte.[4])

---

[1]) Gelehrtes Preußen III. S. 159. No. XVIII.

[2]) Petri Jaenichii, | Gymn. Thor. Rect. P. P. et Bibliothecarii | Notitia | Bib-liothecae | Thorunensis, | Qua | de ejus origine et incremen | tis, codicibus MSCtis aliisque no | tatu dignis, | nonnulla | breviter & succincte exponuntur. | Accessit eius-dem | Oratio | in laudem | B. | Godofredi Krivesii. | Jenae, | Sumtu Joh. Philippi Baasii. | M. DCC. XXIII. 4⁰. 56 S.

[3]) In | bissecularem memoriam | Classis Supremae | et | Bibliothecae Publicae | Gymnasii Thorunensis | Nec Non Typographiae Institutae. | Specimen Priuatum | I. S. S[ammeti]. | L. P. C. J. G. et Bibliothecae Custodis | MDCCXCIV. mense Novembri. | Thoruni, | Impressum typis Joannis Adami Kimmel. 4⁰. 26 S. (Am Ende ſteht die Jahreszahl 1796.)

[4]) Die Data über die Herkunft der Handſchrift findet man ſpecieller bei Jänichen a. a. O. und bei Sammet.

R. fol. 6. Landtags Verhandlung. Welche den 26 Septembris Anno 1608 zue Königsberg angefangen Und in Beysein Einer ganzen Erbaren Landschaft von allen Stenden gehandelt und bis zum 20sten Decembris eiusd. vollendet worden// Auch was folgends auff den Pollnischen Reichstag zue Warsau Anno 1609 in Preuss. sachen Und sonsten in negociis successionis et Curatelae Ihrer Churfl. gl. Ist verricht worden. 425 Blatt.

R. fol. 7. [Sammet No. 34.] Christo Duce et Auspice. Descriptio Bibliothecae Scholae Thoruniensis Ao. Dom. 1594 extructae. Wahrscheinlich durch den Professor Schober geschrieben aber von Heinrich Stroband verfaßt. 36 Blatt. Datiert: Calendis Januarii 1595. Weiteres später.

R. fol. 8. [Jänichen No. CXL. Sammet No. 13.] Chronik eines Bischoffs von Paderborn vom Deutschen Orden. 394 Seiten. Mit der Hochmeister Chronik der Königsberger Bibliothek identisch.[5] Auf dem ersten Blatte befindet sich die Notiz: Berndt. Fahrenheidt ao. 1550 Describi curavit Christoph Johann v. Weissenfelss descripsit ex alio exemplari msc. Das Manuscript benutzte Hartknoch in seiner Geschichte Preußens und es kam als Geschenk des Professor B. M. Böhm an die hiesige Bibliothek.[6]

R. fol. 9. Der Sämmtlichen Deputierten[7] aller Ordnungen erinnern circa revisionem der Willkühr von Anno 1678. Ohne Seitenzahlen. Ex bibliotheca Rosenbergiana.

R. fol. 10. Biblia veteris Testamenti. Am Ende die Bemerkung: Explicit vetus testamentum per Johannem Augustum de Schamothule presbiterum in Clezew tunc morantem An. Dm. M°CCCC°LXXVI. in vigilia assumtionis marie. Nach einer Notiz auf dem ersten Blatte im Jahre 1626 der Bibliothek geschenkt.[8]

R. fol. 11. [Sammet No. 30.] Eine alte deutsche Bibel von Genesis bis Liber Regum. Zuletzt fehlen einige Blätter. Aus der Bibliothek des Rectors Kries.

R. fol. 12. [Jänichen No. CXLVIII. Sammet No. 18.] D. O. M. M. Antonii von Oberghen Bedenken von Befestigung der Stadt Thorn Anno 1591 mens. Sept. auff Begehren E. E. Raths durch mich Henrich Stroband aus bemeldeten Baumeisters Bericht gefast und beschrieben. Der Bibliothek durch den Bürgermeister Zernecke übermittelt. 99 Blatt.

R. fol. 13. [Jänichen No. XLI. Sammet No. 6.] Annales Regni Polonicy Sigismundo Augusto regi ordine perscripti: Stanislaj Orichouij 1554. Prächtig geschrieben. 85 Bl. Bekanntlich nach unserm Msc. durch den Grafen Dzialinski herausgegeben.

---

[5]) cf. Gelehrtes Preußen V. S. 1.

[6]) cf. ibid. S. 4. Im weitern Verlaufe wird daselbst eine ganz genaue Inhaltsangabe des Manuscriptes gegeben.

[7]) Nämlich zu Danzig. Im Cataloge heißt das Manuscript „Danziger Willkühr."

[8]) Eigenthümlich ist es, daß diese Handschrift, obwohl 1626 in Besitz der Bibliothek gelangt, weder im Verzeichnisse Jänichens, noch in dem Sammets aufgeführt ist.

R. fol. 14. Observata quaedam ex Recessibus conventuum Terrarum Prussiae ab anno 1400 circiter. 441 Seiten und ausführliches alphabetisches Register. Gesammelt durch den Bürgermeister Jac. Henr. Zernecke.[9]

R. fol. 15. Jus Publicum Dantiscanum Hoc est Priuilegia . . . . . Civitati Gedanensi Data et concessa Que . . . . . magno studio collegit et in unum Corpus redegit Elias Constantinus von Trewen Schröder. 561 Seiten. Das letzte Datum ist vom 27. Juli 1628.

R. fol. 16. [Sammet No. 23.] Alte Preußische Chronika verfaßt von Hans Plumhoff vom Jahre 573—1592. Der Verfasser war nach einer Notiz auf Blatt 1 am Ende des 16. Jahrhunderts Danziger Unterrichter und Instigator und wurde wegen Fälschung der Gerichtsbücher 1599 enthauptet.

R. fol. 17. Nachricht von dem Aufruhr zu Thorn 1523. Nicht beendigt, vom 4. Buche nur drei Seiten fertig gestellt.

R. fol. 18. [Sammet No. 22.] Chronika vom Deutschen Orden 1233—1533. Mit R. fol. 8. nicht identisch.

R. fol. 19. [Jänichen No. VI. Sammet No. 1.] Juvenalis satyrae. Im Jahre 1460 zu Pavia geschrieben. 107 Blatt. Durch den Professor Schober der Bibliothek geschenkt.

R. fol. 20. [Sammet No. 33.] Fragmentum Codicis graeci philosophici. Vom Anfang fehlen 10 Blätter, mit pag. 21 fängt der Codex an: *τῆς ἐρωτικῆς, δῆλον δ' ἔστιν ἐν τούτοις ὁ πλάτων κ. τ. λ.;* nach Seite 36 ist wieder eine Lücke und von Seite 55—104 fehlt dann nichts weiter. Der Codex stammt aus der Bibliothek des Rectors Kries.

R. fol. 21. [Jänichen No. CXXXIX. Sammet No. 12.] In hoc volumine continetur Naldi Naldii Florentini de laudibus Augustae Bibliothecae Budensi Epistola et libri IV versibus scripti ad Mathiam Corvinum regem. Wundervolle Pergament-Handschrift.[10]

R. fol. 22. [Jänichen No. CXLV. Sammet, Merkwürdigk. No. 43.] Ein Autograph Melanchthons, Elegia in quatuor monarchias ad locum Danielis.[11] Im höchsten Alter geschrieben. 1 Blatt auf Pappe gezogen.

---

[9] cf. Gelehrtes Preußen III. p. 160. No. XXI.

[10] Weiteres über diesen Codex, der aus der Pesther Bibliothek direct hierher gekommen ist, sehe man in der Abhandlung Jänichens, De Meritis Math. Corvini in rem litterariam.

[11] Das Authograph lautet:
Aspicis ut iaceant disiecti membra Colossi,
    Quem Rex Chaldea vidit in arce senex.
Stat tantum pars ima pedum ferroque lutoque
    Mixta, statim rimis corruitura suis,

R. fol. 23. [Sammet No. 25.] Calendarium Romanocatholicum seu Martyrologium.[12) Pergament-Handschrift 1328 geschrieben. Das Feſt Mariä Heimſuchung am 2. Juli iſt noch nicht angemerkt, da daſſelbe erſt 1389 von Urban VI. eingerichtet iſt. Angehängt iſt eine Theologia dogmatica in 80 Capiteln.

R. fol. 24. Des Landes Wyltöre Bei des Ordenſ zeiten Im Jore Nach Chriſti Geburt MCCCCXX zu Marienburgt Nach Conversionis S. Pauli. Auch Kauf-Ordnungen und dergl.

R. fol. 25. Johann Austens thornſches Kürbuch ſeit 1350—1682. Durch Einlagen auch für die frühere Zeit vervollſtändigt.

R. fol. 26. [Jänichen No. XCIII. Fehlt bei Sammet.] Incipiunt ſermones per Adventum 1430. Bis 100 Seitenzahlen, nachher Folienzahlen bis 244. Auf dem erſten Blatte ſteht die Notiz: Est Philippi Felsini. Verfaſſer iſt Meffert, und das Werk ein Theil des hortulus Reginae von dieſem Verfaſſer.[13)

R. fol. 27. [Jänichen No. LIII. Fehlt bei Sammet.] In nomine Domini amen// Hanc tabulam Iuris dedit Frater Johannes de Aldinburc Dominus Thoruniensis ad usum fratrum Minorum. Amen. Pergament-Handſchrift.

O. fol. 57. [Jänichen No. XLV. Fehlt bei Sammet.] Von Teſtamenten. 61 Blatt. Sehr ſchöne, ſaubere Handſchrift, dem Exemplar der Ausgabe des alten Colmiſchen Rechts von H. Stroband, Thorn 1584, als Anhang angebunden.

K. fol. 24. Documenta Thorunensia maximam partem Statum Ecclesiasticum concer-

---

> Delevere urbes Turci populosque potentes,
>> Nec gens imperium senior ulla tenet.
> Eat igitur ferrum, Turcorum saeva tyrannis
>> Et sunt infirmum cetera regna lutum.
> Sed lapis absque manu celso de monte revulsus
>> Mox aderit Iudex filius ipse Dei.
> Totius et plantae delens ferrumque lutumque
>> Regna dabit populo non peritura suo
> Ergo Dei gnato dedant se pectora nostra
>> Ipsius et discant jussa verenda sequi.
> Tu $\lambda\acute{o}\gamma\varepsilon$ gnate Dei nostris in mentibus adsis,
>> Et flatu accedas pectora nostra tuo.
>
> Philippus.

12) Ueber dieſe Handſchrift und die anderen R. 4° 2. wird wahrſcheinlich gleichzeitig mit dieſen Zeilen eine genaue Analyſe, die mehrere Bogen umfaßt, ausgegeben in der „Zeitſchrift für Math. u. Phyſ.", die unter Redaction von Schlömilch, Kahl, Cantor in Leipzig erſcheint. Die R. 4° 2. iſt danach eine überaus wichtige Handſchrift für die Geſchichte der Math. u. Phyſ. Der darin enthaltene Algorismus Proportionum Magistri Nicolay Oresme wird auch noch in dieſem Jahre erſcheinen als Feſtſchrift des Copernicus-Vereins für Wiſſenſchaft und Kunſt zu Thorn zu dem dritten Säcularfeſte des Gymnaſiums zu Thorn. Berlin, Calvary & Co.

13) cf. die Bemerkung Jänichens zu dieſem Codex a. a. O.

nentia. Studio magno conquisita et Collecta ab Ephraim Praetorio Reverendi ministerii Senior. Thorunij Anno 1720. 1087 Blatt. Für Thornische Geschichte z. Th. speciell die des Gymnasiums sehr interessant.

K. fol. 25. Presbyterologia Thoruniensis, ex tenebris magnô studiô eruta et ab imminente interitu vindicata ab Ephraim Praetorio Ao. 1710. Aus dem Nachlasse Sammet's gekauft. Mit vielen eigenhändigen Briefen, Stammbuchblättern u. dgl.

K. fol. 26. Ein Convolut von Schriften, zum großen Theil Thorunensia und speciell die Geschichte des Gymnasiums behandelnd. Von Sammet verfaßt.

R. 4° 1. [Sammet No. 29.] Specimen Calligraphicum Mathiae Imperatoris Romanae simulacrum subtilissimo calami ductu designatum latine, adjecta sunt eadem ordinario ductu litterarum scripta. Item Annae Mathiae imperatoris coniugis simulacrum eodem modo factum germanice.

R. 4° 2. [Jänichen No. XXIII. Sammet No. 4.] Geometria Bradwardini etc. Ueber diesen Codex sehe man die „Altpreuß. Monatsschrift" 2. Jahrg. 1865. S. 457 ff. und S. 651 ff.

R. 4° 3. [Jänichen No. XLVII. Sammet No. 9.] Annotationes in Institutiones Iuris conceptae et dictatae a Joanne Eccardo Reipublicae Thoruniensis in Gymnasio Celebri Thoruniensium. Von dem Verfasser selbst 1629 der Bibliothek geschenkt. Datirt vom 15. Februar 1614.

R. 4° 4. [Jänichen No. XLVI. Sammet No. 8.] Auszug aus dem Culmischen Rechte. 58 beschriebene Blätter Nach einer Bemerkung Steffenhagens v. 13. Mai 1865 würde der Titel in Landläufige Culmische Rechte zu ändern sein.

R. 4° 5. [Sammet No. 28.] 1) Der Scheppen czue Maydeborg Urtheile. 1360 sq. Blatt 1—102; 2) Proceß-Ordnunge wie sich die Jüden g:n die Christen in Pfandsachen czue verhalten 1265 (?). Blatt 102—111; 3) Peinliche Proceßordnung. Blatt 112—164. Jedes Stück von anderer Hand. Die Zahl 1265 steht auf dem obern Rande eines Blattes des zweiten Stückes. (Anno millesimo ducentesimo sexagesimo quinto.)*)

R. 4° 6. [Jänichen No. CVII. Sammet No. 19.] Commentarii in Epistolas Dominicales.

R. 4° 7. Liber Theologiae moralis. Pergament-H. 12 Bogen, unten mit I—XII bezeichnet.

---

*) Die Bezeichnung der Stücke 2 und 3 obiger Handschrift ist ungenügend und irreführend, und findet sich in der H. selbst nicht. Genauer beschrieben ist diese H. in der Zeitschrift für Rechtsgeschichte IV, 183 f. 1864. Benutzt ist sie von Behrend Magdeburger Fragen. Berlin 1865. 8° (s. daselbst p. V u. XIX ff.).

S—n.

Daß die Bezeichnung der Stücke 2 und 3 sich nicht in der Handschrift befindet, ist eine irrthümliche Behauptung. Dem Codex ist, soviel ich weiß von Sammet's Hand, ein Couvert beigelegt, in dem sich eine Beschreibung desselben befindet, und hierin stehen die von mir im Texte angegebenen Titel der beiden genannten Stücke.

Curtze.

R. 4° 8. Erklärung des Evangelium Lucae von Dr. Johann Georg Rosenmüller. 1788 Mich. bis 1789 Aug. geschrieben durch J. G. Haselau; Erklärung des ersten Briefes Pauli an die Corinther von demselben. 1789 am 19. Oct.; der Brief Judae erklärt von demselben. 1789 im Sept.

R. 4° 9. Preußische Chronik von 1236—1593.

R. 4° 10. Observata ex Libro Majori Anno 1348—1645. Eine Art Thornische Chronik.

R. 4° 11. Catalogus omnium Episcoporum et Archiepiscoporum Bremensium contextus et conscriptus à Johanne Ottone Luneburgensi Anno à Nativitate Salvatoris MDLXXX. p. 1—156. Dann folgen 85 Seiten Anmerkungen, z. Th. Urkunden enthaltend. Die letzten drei Seiten, vom Vorhergehenden durch eine große Lücke getrennt, enthalten: Super Libertate Ecclesiae Hamburg: ex qua non tenendus ad Albim venire ad Synodum Bremensem. (sic!)

R. 4° 12. Lexicon Graeco-Latinum in Nonni Panopolitani Paraphrasin S. Evangelij secundum Johannem carmine Heroico Graeco conscriptum. Datiert: Pridie Idus Februari 1626.

R. 4° 13. Vorträge M. Johannis Sartorii Gymnasii Thoruniensis P. P. Sehr mannigfacher Art, z. B. auch über Tranchirkunst.

R. 4° 14. Taufhandlung einer Mennonitischen Weibsperson in der evangelischen Kirche zu Gurske durch den WohlEhrwürdigen, Großachtbaren und Wohlgelehrten Herrn Christian Daniel Liebelt, wohlverordneten Prediger und Seelsorger der evangelischen Gemeinde daselbst eingerichtet und verrichtet den 17. Julii 1763. Zum ewigen Andenken durch den Rector Kries besorgt, mit einem eigenhändigen Briefe des Thorner Residenten am Warschauer Hofe, Geret.

R. 4° 15. [Sammet No. 26.] Thornische Chronik 1350—1546, später noch einige Data aus den Jahren 1628—1629. Das erste Blatt hat die Notiz: Der Verfasser lebte Ende des 16. Jahrhunderts cf. f. Beitrag zum Jahre 1525.

R. 4° 16. Lectiones publicae habitae in Celebri Gymnasio Thoruniensi conscriptae ibid. à Johanne Godofredo Roesnero Ao. 1676 et 1677 et 1678.

R. 4° 17. Collectanea Joh. Godofred. Roesneri Ao. 1676. 394 und 13 Seiten.

R. 4° 18. [Sammet No. 21.] Xenophontis de factis et dictis Socratis memoratu digne. Am Ende die Notiz: Bononie noviter translatus de greco per dominum Cardinalem tusculanum Legatum apostolici sedis ibidem. 132 Blatt.

R. 4° 19—20. Erklärung des N. Testaments von Dr. Nösselt. Halle, 20. Oct. 1788 und 18. Mai 1789.

R. 4° 21—22. Dogmatik von Dr. Knapp. 1796.

R. 4° 23—24. Kirchengeschichte von Dr. Knapp.

R. 4° 25. [Jänichen No. CII. Fehlt bei Sammet.] Liber Locorum Theologiae; Tractatus de triplici timore mundano. Pergament-Handschrift.

R. 4° 26. [Jänichen No. CXVI. Fehlt bei Sammet.] O poczaczyn Maryey panny czysthey.

R. 4° 27. Allerhöchsteigenhändige Instruction Weiland Sr. Maj. Königs Friedrich II. für den Staats- u. Cabinetsminister Grafen Fink v. Finkenstein v. 10. Januar 1757. Facsimile nach dem im Königl. Geh. Staats-Archiv zu Berlin aufbewahrten Original. Berlin, 24. Jan. 1854. (Geschenk des Ministeriums.)

R. 4° 28ᵃ· Langwald's Reisetagebücher; aus dem Jahre 1816 nach Thüringen.

R. 4° 28ᵇ· Langwald's Reisetagebücher; aus dem Jahre 1821 nach Wien.

R. 4° 28ᶜ· Langwald's Reisetagebücher; aus dem Jahre 1829 nach Königsberg und Danzig.

R. 4° 28ᵈ· Langwald's Reisetagebücher; aus dem Jahre 1830 nach London.

R. 4° 28ᵉ· Langwald's Reisetagebücher; aus dem Jahre 1835 nach Danzig.

K. 4° 93. Noctium Thorunensium pars Iᵐᵃ· Poecile Concionatorum Thorunensium compilavit L. S. Sammet Gymnasii Collega inde ao. 1780.

K. 4° 94. Noctium Thorunensium pars IIᵈᵃ· Poecile scholasticorum virorum conquisivit idem ex ao. 1780.

K. 4° 95. Noctium Thorunensium pars IIIᵃ· Rara ad statum politicum, ecclesiasticum et scholasticum pertinentia conscripsit Sammet.

C. 4° 6. Synopsis Grammaticae Hebraeae à D. Conrado Grasero † im Oct. 1607. 41 Blatt.

Nicht catalogisirt; galt für verloren. 4° Leges ac Instituta Scholae Thoruniensis. 154 Bl. Enthält Bl. 3ᵃ—4ᵇ Bestätigung der nachfolgenden Gesetze. 5ᵃ—114ᵃ Leges ac Instituta Scholae Thoruniensis. 115ᵃ—117ᵇ Nochmalige Bestätigung mit angehängtem Stadtsiegel, dat. 19. Jun. 1600. 119ᵃ—136ᵃ Leges Oeconomiae Scholasticae Thoruniensis. Anno 1601. Cal. Januarij promulgatae. (Die Blätt. 5—136 sind in der Hdschr. gezählt Bl. 1—132.)

R. 8° 1. I. N. D. N. I. C. Farrago Rerum Memorabilium Nostra Utplurimum Memoria Gestarum. Collecta à Johanne Meiero Stet. Pom. Anno post salutarem partum 1657. 30. Julii. Eine Selbstbiographie in Form eines Tagebuches dieses Thorner Professors.

R. 8° 2. Thornische Rechtsverfügungen 1668. Deutsch mit gegenüberstehendem lateinischem Texte.

R. 8° 3. Diarium Elaboratum a Petr. Jaenichen. Thorn 1738.

R. 8° 4. [Jänichen No. CXXXV. Fehlt bei Sammet.] Ein Altdeutsches Gebet- und Gesangbuch.

R. 8° 5. [Jänichen No. CXXXVIII. Fehlt bei Sammet.] Joannis Saraceni Hierarchia coelestis. Pergament-Handschrift. Eine Uebersetzung des Werks von Dionysius Areopagita. Der Uebersetzer lebte ums Jahr 1170. (Cave, Hist. Eccles.)

R. 8° 6—24. Neunzehn Stammbücher aus verschiedenen Zeiten.

R. 8° 25. Meditationes Sacri de Passione Dei. Pergament-Handschrift.

R. 8° 26. [Sammet No. 32.] Expositio Psalmorum ex variis Scriptoribus collecta. Immixta sunt varia de Horis canonicis. Pergament-Handschrift in Duodez.

R. 8° 27. Polonia Geographice Quo ad originem Suum et Prouincias Historice quo
ad pacem et bella Regum Politice quo ad Statum Reipublice Descripta a
Rhetoribus Collegij Posnaniensis societatis Jesu Anno Dm. 1690.

R. 8° 28. Seidells Spruchbuch. 1689.

Ohne Catalog=Nummer. [Sammet, Merkwürdigk. No. 41.] Catechismus Damulice scriptus,
foliis palmae stilo insertus in Castello St. Dauid 1727 apud Malabares.

Von den ?48 Handschriften, die Jänichen aufführt, sind also jetzt
noch 18 vorhanden. Von den 1794 vorhandenen 34 noch 21. Die Handschriften R. fol. 26, R. fol. 27, O. fol. 57, R. 4° 25, R. 4° 26, R. 8° 4,
R. 8° 5 waren 1794 nicht mehr vorhanden, obwohl sie Jänichen aufführt, müssen sich also seitdem wiedergefunden haben. Auf die Handschriften O. fol. 57 und C. 4° 6 bin ich erst zufällig gestoßen. Seit der
Abhandlung Sammet's sind also 57 Handschriften neu hinzugekommen.[14])
Ich füge hier, soweit bei dem jetzigen Zustande des Catalogs dieses mög-
lich ist, die ältesten Drucke der Bibliothek bis 1520 und sonstige seltene
Drucke an, und stelle dieselben wieder in Vergleich mit 1724 und 1794:

1. Cicero, Rhetorica, Venetiis Jenson 1470. (A. fol. 20.) 2.* Isidoris His-
palensis de responsione mundi, Augustae 1472. (A. fol. 22.) 3. Augustinus, De
civitate Dei, Meintz Peter Schoeffer 1473. (N. fol. 11.) 4.* Dyogenes Laertius,
Venetiis 1475. (B. 4° 38.) .5.*** Euclides cum commentis Campani, Venetiis 1482.
(A. fol. 22.) 6. Cassianus, De Institutis Coenobiorum, Basileae 1485. (N. fol. 25.)
7. Biblia latina, Basileae 1487. (L. fol. 125.) 8*. Augustinus, Commentarium
in Psalmos, Basileae 1489. (N. fol. 10.) 9*. Biblia latina s. l. 1489. (L. fol. 83.)
[Die Acta apostoll. erst hinter den Briefen Pauli.] 10. Quarta pars Summe Antonini
s. l. 1490. (L. fol. 33.) 11. Der Sachsenspiegel, Leipzig 1490. (G. fol. 5.) 12. Fasci-
culus Temporum cet. s. l. et a. (1490.) (M. 4° 24.) 13. Formule Epistolarum
domini Karoli s. l. 1490. (A. 4° 30.) 14. Cicero, Orator, de fato etc. Venetiis 1492.
(B. fol. 85.) 15. Seneca, Venetiis 1492. (A. fol. 41.) 16. Novum beate virgis

---

14) Die seit der Abhandlung Jänichens verlorenen Handschriften sind in dem
traurigen Jahre 1724, in dem auch das Gymnasium aus dem 1594 errichteten Bibliotheks-
gebäude flüchten mußte und in das Oeconomiegebäude des Gymnasiums, die jetzige höhere
Töchterschule, übersiedelte, in Abgang gekommen. Die Handschriften waren in mehreren
Schränken aufgestellt, und es ist wahrscheinlich, daß in der Unruhe einer derselben zurück-
gelassen ist. Diese Vermuthung spricht Sammet a. a. O. p. 8. Zeile 11 v. u. als das
Wahrscheinlichste aus. Weitere Verluste erlitt die Bibliothek zur Zeit der Besetzung durch
die Franzosen zu Anfang dieses Jahrhunderts. Besonders General Rapp soll Manches
haben mitgehen heißen, was Eigenthum der Bibliothek gewesen, z. B. zwei Gemälde von
Lucas Cranach, Luther und Catharina von Bora darstellend.

psalterium (sic!), Cistercienser Kloster Tzenna 1492. (L. 4° 212.) 17. Vincentius, speculum morale, Venetiis 1493. (L. fol. 131.) 18. Ovidius, de arte amandi, Venetiis 1494. (A. 4° 13.) 19. Boetius, de consolatione, Norimbergae 1495. (A. 4° 31.) 20. Decretales Gregorii, Norimbergae 1496. (O. fol. 61.) 21. Thomas Aquinas, de ente et essentia, Venetiis 1496. (B. fol. 41.) 22.*** Biblia St. Hieronymi, Argentinae 1497. (L. fol. 113.) 23.* Volumen de Tortis, Venetiis 1498. (O. fol. 37.) 24.* Codex de Tortis, Venetiis 1499. (O. fol. 12.) 25. Sphaera mundi Joh. de Sacrobosco, Venetiis 1499. (I. fol. 3.) 26.* Martianus Capella, De nuptiis Philol. et Merc., Vincentiae 1499. (B. fol. 57.) 27.* Julii Firmici Materni, Astronomicon, Venetiis Aldus 1499. (B. fol. 64.) 28*. Gratiani decretum s. l. 1501. (O. fol. 39.) 29. Formulare Instrumentorum, Coloniae 1502. (O. 4° 27.) 30. Postilla Hugosis Cardinalis sup. Ep. Pauli, Basileae 1502. (L. fol. 129.) 31. Dionysius Areopagita, de mystica Theologia, Argentinae 1502. (N. fol. 43.) 32. Thomas Aquinas, Comment. super libr. metaphysices, Venetiis 1502. (B. fol. 41.) 33. Opera Dionysii, Argentinae 1503. (N. fol. 43.) 34. Albohazen, Astrologia, Venetiis 1503. (I. fol. 18.) 35. Aristoteles, libri Physicorum, Lipsiae 1503. (B. fol. 11.) 36. Rhabanus Maurus, De laudibus St. Crucis, Phorçheim 1503. (A. fol. 38.) 37. Cicero, ad Herennium, Lipsiae 1504. (A. fol. 38.) 38—39. Bartolus, super prima parte digesti 2. part. Lugduni 1504—1505. (O. fol. 16—17.) 40.* Codex de Tortis, Venetiis 1506. (O. fol. 11.) 41.* Digestum de Tortis, Venetiis 1506. (O. fol. 13.) 42.* Infortiatum de Tortis, Venetiis 1506. (O. fol. 14.) 43. Cassiodorus Senator, De anima, Phorcae 1506. (P. 8° 55.) 44.* Guido Bonatus, Astronomia, Venetiis 1506. (I. fol. 16.) 45. Sallustius, Lugduni 1506. (A. 4° 32.) 46. Alberti Crantzs Culta et succincta Grammatica, Rostocchii 1506. (C. 4° 34). 47. Plinius, Hist. natur., Venetiis 1507. (A. fol. 16.) 48. Reformation der Stabt Wormbs, Worms 1507. (3. Ausg.) (A. fol. 36.) 49. Julius Caesar, beutsch. Straßburg 1507. (A. fol. 36.) 50. Novellae, Lugduni 1507. (O. fol. 15.) 51. Leupoldus, De juribus et translatione imperii, Coloniae 1508. (O. 4° 21.) 52.* Novellae et Institutiones, Lugduni 1509. (O. fol. 21.) 53. Bertruccius, Collectarium, Lugduni 1510. (P. 8° 55.) 54. Aulus Gellius, Venetiis 1509. (A. fol. 32.) 55. Biblia latina, Lugduni 1510. (L. fol. 90.) 56. Paraphrasis oper. Aristotelis. Pars I, Paris Jean Petit 1510. (B. fol. 42.) 57. Idem liber Pars III. ibid. 1510. (B. fol. 44.) 58. Idem liber Pars II. ibid. 1511. (B. fol. 43.) 59. Cicero, Somnium Scipionis, Viennae 1511. (A. 4° 37.) 60. Livius, Venetiis 1511. (A. fol. 10.) 61.* Horatius, Paris 1511. (A. 4° 13.) 62. Sexti libri Decretales, Lugduni 1511. (O. fol. 40.) 63. Hippocrates, Presagia, Paris 1511. (P. 8° 55.) 64. Alchabitius cum Commento, Venetiis 1512. (I. 4° 14.) 65. Origines, Paris 1512. (N. fol. 75.) 66. Nanus Mirabellius Polyanthea opus, Basileae 1512. (A. fol. 38.) 67. De litteris graecis etc. Tubingae 1512. (C. 4° 6.) 68. Johannes Glogoviensis, Introduct. Astronomiae, Cracoviae 1514. (I. 4° 14.) 69.* Scriptores de re rustica, Venetiis Aldus

1514. (A. 8° 96.) 70*—71.* Galieni opera, Venetiis 1514. (R. fol. 7—8.) 72. Albertus Magnus Physica. Viennae 1514. (A. 4° 37.) 73. Cicero, de Oratore, Lipsiae 1515. (B. fol. 85.) 74. Livius, Paris 1516. (A. fol. 37.) 75. Caesar, Venetiis 1517. (A. fol. 13.) 76. Galeomyomachia, Basileae 1517. (B. 8° 205.) 77. Alphabetum Graecum, Basileae 1518. (B. 8° 205.) 78. Aesopi fabellae, Basileae 1518. (B. 8° 205.) 79. Musaeus, Hero et Leander, Basileae 1518. (B. 8° 1518.) 80. Agapetus, De officio Regis, Basileae 1518. (B. 8° 205.) 81. Cicero, ad Herennium, Lipsiae 1519. (B. fol. 85.) 82. Maximus Tyrius, Sermones, Basileae 1519. (B. fol. 57.) 83. Melanchthon, Graecae Grammaticae Institutiones, Hagonovae 1520. (B. 8° 205.) 84.** Vetus Testamentum de Esra ad Maccabaeos cum commento Nicolaij de Lyra s. l. et a. (L. 4° 250.) 85. Psalterium cum Hymnis, Basileae s. a. (L. 4° 99.) 86. Missalis notulans dominorum teutonicorum unitantis eppigramma cet. Norimbergae Georg Stöchs s. a. [Vor Blatt CXL. ſinb 7 Pergamentblätter mit Gebeten bebruďt eingeheftet.] (L. fol. 124.) 87. Textus paruorum naturalium Arestotelis s. l. et a. [Lipsiae, Johannes Herbipolitanus, beibe Ausgaben hintereinanber.] (L. fol. 3.) 88. De vita et origine per | fidi ac miserrimi indignique Pilati s. l. et a. [10 Blatt mit Holzſchnitten.] (D. 4° 26.) 89. Purbach, Theoricae novae planetarum s. l. et a. [Ift bie Ausgabe bes Regiomontan mit illuftrierten Holzſchnitten. Das Exemplar trägt hanbſchriftlich bie Jahreszahl 1460.] (A. fol. 22.) 90. Christianus ad solitarium quendam de ymagine mundi s. l. e. a. (A. fol. 22.) 91. Franciscus Niger, Ars de epistolis exarandis, s. l. et a. (A. 4° 30.) 92. Aeneas Seneca, Epistolae s. l. et a. (A. 4° 30.) 93. Aristoteles, Rhetorica c. com. Egidii de Roma s. l. et a. (B. fol. 85.) 94. Nicolaus Perotti rudimenta grammatices s. l. et a. (A. 4° 31.) 95.* Catullus, Propertius, Tibullus, s. a. Venetiis Aldus. (A. 8° 91.)

Alle mit einem Stern verſehenen Nummern finben ſich auch bei Sammet, bie mit zwei Sternen nur bei Jänichen, bie mit brei Sternen in beiben Beſchreibungen.

Mit obigem Verzeichniß ſoll nicht etwa eine erſchöpfenbe Angabe bieſer Druďe unſerer Bibliothek vor 1520 gegeben werben. Theils habe ich nicht bie bibliographiſche Sicherheit, um ein beſtimmtes Buch, bas ohne Jahreszahl iſt, nach bieſer ſogleich einorbnen zu können, theils ſinb bei weitem nicht alle vorhanbenen Druďe, bie oft in einem Banbe zuſammengebunben ſinb, auch catalogiſirt, ſo baß beſtimmt noch eine bebeutenbe Zahl ſolcher Druďe bei uns exiſtieren. Nach ber neuen Catalogiſierung würbe ſich eine größere Gewißheit barüber geben laſſen. Alle obigen Druďe aber habe ich ſelbſt in Hänben gehabt unb genau verglichen. Hier iſt auch ber Ort meine Angabe zu berichtigen, als ſei bie Editio princeps des Euclid mit andern Werken nach Königsberg gekommen. Der Catalog macht freilich diese Angabe, aber die betreffenden Bücher sind noch sämmtlich bei uns vorhanden und oben auch mit aufgeführt worden. Sonstige literarische Seltenheiten, namentlich Flugblätter und Brochüren aus der Reformationszeit, erste Ausgaben unserer neuern Classiker u. dgl. haben wir in nicht kleiner Anzahl. Von der Lutherschen Bibel-Uebersetzung zum Theil die ersten Ausgaben. Viele Seltenheiten sind besonders im Fache E., Geschichte, zu finden. Auch das Originalwerk des Copernicus, De revolutionibus orbium Coelestium libri VI, Norimbergae 1553, besitzen wir, doch ist das Buch erst durch den verstorbenen Director Brohm angeschafft worden. Sonst ist von Ausgaben des Copernicus Nichts hier (in der Stadt-Bibliothek befindet sich die polnische Ausgabe seiner Werke). Copernicana haben wir ebenfalls nur in ganz geringer Zahl; Gassendi, Vita Copernici; Jean Czynski, Kopernik et ses traveaux (wunderbarer Weise unter H. gestellt, wie Gassendi unter F.). Mittheilungen aus schwedischen Archiven und Bibliotheken; Copernicus in seinen Beziehungen zu dem Herzoge Albrecht von Preußen und Ueber die Abhängigkeit des Copernicus von dem Gedanken griechischer Astronomen, alle drei vom Oberlehrer Dr. L. Prowe hier, sowie die „Denkschrift zur Enthüllungsfeier des Copernicus-Denkmals“, das ist Alles, was in der Vaterstadt des Copernicus in der Bibliothek, der ersten gelehrten Anstalt derselben, über den größten Mann, dem sie das Leben gab, gesammelt ist. Unter den Programmen finden sich vielleicht die sonstigen größern Arbeiten Prowe's über Copernicus, die als Thorner Programme erschienen sind, und die als Braunsberger Progamme erschienenen Abhandlungen über denselben, doch würde man, da dieselben nicht speciell catalogisiert sind, lange suchen können, um sie zu finden.

Weshalb der „Copernicus-Verein für Wissenschaft und Kunst“ noch nicht daran gedacht hat, die Werke des Copernicus, sowie alle über denselben erschienenen Schriften sammeln zu lassen, weiß ich nicht, obwohl ich dies für eine sehr werthvolle Aufgabe desselben halten würde.

Von dem zweiten berühmten Thorner, S. Th. v. Sömmering finden sich schon eine größere Anzahl Werke, fast sämmtlich Geschenke des Verfaſſers und größtentheils ſeit 1828 der Bibliothek einverleibt, aber wirklich ſchon 1867 in den Catalog aufgenommen.

In frühern Zeiten beſaß die Bibliothek einen eigenen Index für ſolche Perſonen, die durch Geſchenke von Büchern oder von Geld die Bibliothek bedachten, auch jetzt ſind derartige Wohlthäter namhaft zu machen, doch ſcheint dieſe Art der Unterſtützung der Anſtalt jetzt ſelten geworden zu ſein. Außer den hohen Königl. Behörden, durch deren Munificenz manches wichtige Werk der Bibliothek zugekommen, nenne ich vor Allen den Grafen von Dzialinski, den Sanitätsrath Dr. Weeſe und den frühern Director des hieſigen Gymnaſiums, Dr. Lauber, die durch zahlreiche Schenkung wichtiger Werke ſich großes Verdienſt um die Anſtalt erworben haben. Für Neuanſchaffungen beſitzt die Anſtalt ziemlich reichliche Fonds. Woraus derſelbe gebildet iſt, weiß ich jedoch nicht zu ſagen. Daß im Laufe der Zeiten manches alte Vermächtniß, das zu dieſem Zwecke dem Gymnaſium gemacht wurde, verloren gegangen, beweiſt ſchon Sammet, der 1794 klagt, das Weiſſeſche Legat aus den Zinſen von 500 Pr. Gulden beſtehend, alſo von 166⅔ Thlrn., zur Anſchaffung von Büchern für die Bibliothek ſei nicht mehr zu erlangen. [15]) Auch die Beſtimmung, daß der jedesmalige Buchdrucker gehalten ſein ſolle, von jedem bei ihm gedruckten Buche ein Exemplar der Bibliothek zu überliefern, [16]) die noch 1794 beſtand, iſt ſeitdem in Vergeſſenheit gekommen.

Ich breche hier meine Mittheilungen über den dermaligen Stand der Bibliothek ab, werde mir aber erlauben, in ſpäterer Zeit Einiges aus der Geſchichte der Bibliothek nachzutragen, wozu mir augenblicklich noch Muße und vollſtändige Quellenkunde mangelt.

Thorn, den 29. September 1866.

---

[15]) A. a. O. p. 6. Zeile 4 sequ.: Jam supra memoravimus Legata, huius Bibl. adaugendae caussa a pluribus facta, quaeque hoc loco, ut promissis staremus publicare statueramus. At cum haec res spinosi quid habeat, nec ista Legata ita semper sint communicata ut ad cuiusvis notitiam pervenerint — a nobis hic unum tantum Ampl. Praecons. Sim. Weissii Legatum nominasse liceat quo pro munificentia sua optimus ille Vir numerari jussit 500 Florenos monetae poruss. è quorum reditu quotannis nonnulli libri in Bibliothecam Gymnasii compararentur. Quae summula, ubi sit locata, fructusque sit Bibliothecae? Oeconomis notum erit et s a n e e s t. (?)

[16]) Sammet a. a. O. S. 3 in fine.

Nachschrift vom 1. Februar 1868.

Seit das Obige niedergeschrieben, ist die Bibliothek wesentlich reicher geworden. Eine große Menge von Werken, die auf der Erde der Bibliothek herumstanden und theilweise den Platz beengten, sind eingeordnet und durch Ankauf sind eine große Anzahl neuer Aquisitionen gemacht, so daß die Zahl der Bände sich sicher um 500 Bände, wenn nicht mehr, vergrößert hat. Aus den in dieser Zeitschrift veröffentlichten Accessions-Catalogen der Königl. und Universitäts-Bibliothek zu Königsberg ersehe ich, daß viele der dort als nothwendig angeschafften Werke sich seit langer Zeit in unserer Bibliothek befinden, die überhaupt wohl noch Manches enthält, von dem man jetzt keine Ahnung hat.

Im Archive der Schule werden auch, wie ich erst heute erfuhr, noch zwei alte Cataloge der Bibliothek aufbewahrt, der eine, angefangen 1729, also durch Jänichen, nach der Uebersiedelung in das jetzige Töchter-Schulgebäude, der zweite im Jahre 1832 aus diesem ausgezogene Catalog, der noch vollständig dem jetzigen zur Grundlage dient. Aus dem ersten kann man ersehen, welche bedauernswerthe Verluste die Bibliothek durch Vollmer erlitten hat, von dem geradezu gesagt wird, er scheine die seltensten Bücher wegverkauft zu haben.

Ueber den ältesten Zustand unserer Bibliothek, wie ihn die Handschrift R. fol. 7 liefert, wird zu der Zeit, wo diese Zeilen im Drucke erscheinen, schon eine Nachricht der Oeffentlichkeit übergeben sein in der Geschichte des Thorner Gymnasiums, die Herr Director Lehnerdt zu dem am 8. März zu feiernden dritten Säcularfeste vorbereitet. Dieselbe wird bis zu dem Zeitpunkte der Errichtung der Bibliothek 1594 vorläufig fortgeführt sein, zu welcher Zeit unser Gymnasium durch die Errichtung der Classis suprema einen erstmaligen Abschluß erhielt.

A. Curtze.